ललक

ललक

रविन्द्र कुमार

प्रभात
प्रकाशन

प्रकाशक • **प्रभात प्रकाशन प्रा. लि.**
4/19 आसफ अली रोड,
नई दिल्ली–110002

संस्करण • 2023
मूल्य • तीन सौ रुपए
आवरण एवं रेखाचित्र • प्रवीन नरेश (प्रवीन अनम)
मुद्रक • आर–टेक ऑफसेट प्रिंटर्स, दिल्ली

LALAK *poems* by Shri Ravindra Kumar ₹ 300.00
Published by Prabhat Prakashan Pvt. Ltd., 4/19 Asaf Ali Road, New Delhi-2
e-mail: prabhatbooks@gmail.com ISBN 978-93-90366-67-5

भारतीय समाज के
श्रमजीवी वर्ग को
समर्पित

भूमिका

जब हमारे अंतस् से वाह्य चीजें मेल नहीं खातीं, तब मन और मस्तिष्क में विक्षोभ और विद्रोह लाजमी है। युवावस्था में यह स्थिति और भी तीव्रतम होती है। श्री रविन्द्र कुमार के कविता संकलन 'ललक' की सभी कविताएँ इसी तीव्रतम अनुभूति की अभिव्यक्ति हैं। फलत: इन कविताओं में समाज में व्याप्त कुरीतियों और विसंगतियों का अभूतपूर्व चित्रण हुआ है। इनमें जहाँ एक ओर, प्रकृति, समाज और मनुष्य को लेकर स्पष्ट अभिव्यक्ति है, वहीं दूसरी ओर, अमीरी-गरीबी, आधुनिकता के दुष्प्रभावों और नैतिकता के निरंतर ह्रास पर कवि ने अद्‌भुत कविताएँ लिखी हैं। इसके साथ ही साथ वर्तमान की इस अंधी दौड़ के बीच छीजते हुए हमारे मूल्यों और विश्वासों का निरंतर पतन भी अत्यंत शिद्‌दत के साथ उभरा है। इन कविताओं में कवि का देशप्रेम भी उजागर हुआ है।

श्री रविन्द्र कुमार की इन कविताओं में मनुष्य द्वारा प्राचीन जीवन मनोविज्ञान की सार्थकता को नकार कर एकदम आधुनिक जीवन मनोविज्ञान ग्रहण करने के बाद मनुष्य के मन में जो द्वंद्व उत्पन्न हुआ है, उस वस्तुस्थिति का भी प्रभावशाली चित्रण देखने को मिलता है।

रविन्द्र की कविताएँ इंसानियत, मानवता और करुणा में पगी हुई हैं। इनमें भारतीय समाज के आम चरित्र पूरी संवेदना और करुणा के साथ चित्रित किए गए हैं। कवि ने 'बंजारा', 'रिक्शेवाला', 'ताड़ीवाला', 'किसान', 'मजदूर', 'पागल' आदि के दुरूह जीवन की झाँकियाँ प्रस्तुत की हैं तथा

कविताओं में श्रमजीवी वर्ग का संघर्षपूर्ण वर्णन पाठक को संवेदनशील बनाता है। संग्रह की अधिकांश कविताओं में सामाजिक असमानता की व्यथा झलकती है, जिसे युवा कवि ने बेहद प्रभावशाली शब्दों में अभिव्यक्त किया है।

आमतौर पर प्रत्येक कवि न्यूनाधिक परिमाण में अपनी रचनाओं में उपस्थित रहता है। रविन्द्र कुमार भी अपनी कविताओं में अपने समूचे अंत:करण के साथ उपस्थित हैं। चूँकि इस संग्रह की कविताएँ कवि ने अपनी बाल्यावस्था के दौरान लिखी हैं, इसलिए इनमें कवि के अंतस् की बेबाक, बेलौस और निष्कलुष अभिव्यक्तियाँ उद्घाटित हुई हैं।

संग्रह की 'ललक' शीर्षक कविता इस मायने में अति विशिष्ट है, क्योंकि यह कवि द्वारा बचपन में देखे गए स्वप्नों एवं सम्यक् संकल्पों का लिखित दस्तावेज है। इस कविता में कवि रविन्द्र अपने बचपन में (सन् 1997 में) लिखते हैं—

"नहीं मिलते मुझे खिलौने
ललक नहीं है मुझको इसकी
पर एक ललक जरूर है मन में
हँस-हँसकर ही बचपन बिताऊँ।
मोटरगाड़ियों से करने की, मसूरी की सैर
ललक मुझे है इसकी
पर चढ़कर हिमगिरि की चोटी पर
ललक है हिंद का तिरंगा फहराऊँ।"

ऐसा लगता है, जैसे कवि ने आगत की बचपन में ही प्रतीति कर ली थी। आज जब दिसंबर 2020 में मैं श्री रविन्द्र कुमार की इस कविता की पांडुलिपि पढ़ रहा हूँ तो मुझे कवि की यह कविता उनके द्वारा करीब ढ़ाई दशक पहले अपने भविष्य की उपलब्धियों के बारे में की गई भविष्यवाणी लगती है, क्योंकि जैसा कि हम जानते हैं कि कवि श्री रविन्द्र कुमार 2011

बैच में आई.ए.एस. बने तथा उन्होंने मसूरी स्थित एडमिनिस्ट्रेशन एकेडमी में प्रवास करके प्रशिक्षण प्राप्त किया। इसी प्रकार श्री रविन्द्र कुमार विश्व की सबसे ऊँची चोटी माउंट एवरेस्ट पर दो बार चढ़कर राष्ट्रध्वज फहरा चुके हैं। इस प्रकार कवि की काव्य-पंक्तियाँ वास्तविक रूप से मूर्त हुई हैं। सिर्फ इतना ही नहीं, अपितु इस कविता की अन्य पंक्तियाँ भी कवि की हार्दिक सदिच्छा की आत्मपरक अभिव्यक्तियाँ लगती हैं। 'अँधेरे में भटकती भारत माँ के हित/ललक है प्रकाश का एक दीप जलाऊँ'—पंक्तियों में कवि की 'तमसो मा ज्योतिर्गमय' की भारतीय शुभेषणा अभिव्यक्त हुई है। इसी प्रकार कवि 'अध्यात्म ज्ञान को जग में फैलाकर आर्यावर्त्त को विश्व-गुरु' के रूप में प्रतिष्ठित देखना चाहते हैं। 'ललक है राह से भटके देशवासी को योग की शिक्षा दे पथ पर लाऊँ'। आश्चर्य है कि यह सन् 1991 में लिखी पंक्तियाँ वर्तमान वर्षों तक आते-आते 'विश्व योग दिवस' के वैश्विक आयोजन में मूर्त हुई हैं तथा दुनिया भर में योग की स्वीकार्यता बढ़ी है। बाल-कवि के हृदय की निष्कलुषता और निश्छलता ने कदाचित् विश्व-गुरु बनने की समूचे भारत की शुभ ऐषणा के साथ तादात्म्य हो अभिव्यक्ति पाई है। जो लोग जानते हैं कि इस पुस्तक के रचयिता श्री रविन्द्र कुमार आई.ए.एस. बनने से पहले करीब 10 वर्षों तक शिपिंग की नौकरी करते हुए देश-विदेश घूम चुके हैं, उन्हें इस कविता की यह पंक्ति—'इस शक्तिवान विज्ञान-यान में/ललक नहीं जग का चक्कर लगाऊँ' भी आगत की भविष्यवाणी महसूस हो सकती है। यह कविता रविन्द्र कुमार के जीवन की मुख्य घटनाओं एवं व्यक्तित्व की मूल प्रवृत्तियों की परिचायक है, यथा संघर्षपूर्ण एवं समझदार बचपन तथा बचपन के शुभ और सम्यक् संकल्प, हिमगिरि पर तिरंगा फहराने की सदिच्छा, देश को योग-गुरु और विश्व-गुरु देखने की चिर-आकांक्षा एवं देशभक्ति का जज्बात तथा समाजसेवा का संकल्प। यह कविता इस बात की भी परिचायक है कि जीवन की खुशी भौतिक चीजों पर अवलंबित नहीं है, बल्कि जीवन की खुशी शुभ और सम्यक् संकल्पों पर अवलंबित होती है।

इस संग्रह की कविताएँ, जहाँ एक ओर सामाजिक एवं पर्यावरण-केंद्रित सरोकारों से निमज्जित हैं तो वहीं इनमें सामाजिक असमानता के प्रति कवि की पीड़ा भी शिद्दत के साथ अभिव्यक्त हुई है। 'घड़ा' कविता में बाजारवाद और पूँजीवाद के बरक्स जीवन की सादगी एवं कर्मठता के प्रतीकस्वरूप 'घड़ा' की व्यथा इन पंक्तियों में दृष्टव्य है—

"सुनार की बढ़ती हुई खुशहाली
जब से बनने लगे सोने के घड़े
रूप बिकने लगा, छाने लगी मुझ पर मुर्दायी।"

इस कविता में कवि पीढ़ी-दर-पीढ़ी असमानता का दंश झेलते लोगों की विडंबना इन शब्दों में अभिव्यक्त करते हैं—

"शायद हमारे पूर्वजों की परंपरा
बनाकर ईश्वर हमें रचता है
तभी तो कुंभकार की गीली मिट्टी
जीवनभर गीली ही रह जाती है
नहीं तो क्या, दोनों तो घड़े हैं
मैं भी घड़ा, तू भी घड़ा
गुण भी मुझमें अधिक पर
असमानता का दलदल क्यों बीच में खड़ा।"

'मजदूर के मुँह से' कविता की पंक्तियों में भी श्रम की उपेक्षा वर्णित है, जब कवि मजदूर के मुँह से कहलवाते हैं कि "आराम मेरे नसीब में कहाँ लिखा है?/आराम तो कुर्सीवालों को ही मिलता है।"

'बंजारा' कविता की जीवन की निरंतर गतिशीलता और सुख-दुःख में समता के साथ-साथ 'चरैवेति-चरैवेति' सिद्धांत को पुष्ट करती ये पंक्तियाँ दृष्टव्य हैं—

"दुःख-सुख को अपने साथ लिये
सदियों से चलता आया

रुकना, बैठना और विश्राम करना
उसको कभी नहीं भाया
जमीन, धन-दौलत, सुख-ऐश्वर्य
का लोभ कभी नहीं उसको बहलाता
मिलन-बिछुड़न का दु:ख रोग
कभी नहीं उसको सताता
स्वच्छ प्रकृति का सदा है प्यारा
निरंतर चलता रहता बंजारा।"

'नीरामृत' कविता दिनोंदिन बढ़ते जल-संकट और संसाधनों के वितरण की विषमता को व्यंजित करती है तथा कवि द्वारा एवरेस्ट-यात्रा के दौरान विश्व समुदाय से की गई जल-संरक्षण की अपील 'शिखर से पुकार' की याद दिलाती है। 'तालाब' कविता में भी 'जल की ही कमी है' पंक्ति प्रतिध्वनित हुई है।

कवि प्रश्नाकुल है कि "आखिर ये असमानता क्यों? आखिर मेरी औकात इतनी कम क्यों?" 'असमानता' कविता की ये पंक्तियाँ कवि के व्यथित अंत:करण की बानगी है—

मानव-मानव में यह असमानता
शायद मानवता के लिए अभिशाप
कराह रहीं कितनी आत्माएँ
जब एक फेंकता भोजन दूसरा सोता भूखा
पर सहन करनी पड़ती सब पीड़ाएँ अपने आप
मानवता पर यह अभिशाप
मानवों को करना चाहिए इसका पश्चात्ताप
वरना इसका फल बहुत बुरा होगा
जब अरबों आत्माएँ विद्रोह करेंगी
एक बार पुन: समानता कागजों पर नहीं
मानवों में होगी।

कवि बाजारवाद में बढ़ती इस असमानता के प्रति सचेत है, तभी 'सहारे का सहारा' कविता में कहता है कि—

"उनके सपने अधूरे ही रहेंगे
उनमें पूर्ण साकार स्वप्न खरीदने की क्षमता कहाँ
वे तो आजकल खुले बाजार में बिकते हैं
जिनमें है क्षमता, खरीदकर पूरे कर हैं लेते स्वप्न सुनहरे।"

समाज पर बाजारवाद एवं मुद्रा के घातक प्रभाव को लेकर कवि की 'उलट गई है समूची दुनिया' की ये पंक्तियाँ भी दृष्टव्य हैं—

रंग बदलती, रूप बदलती
बदल जाती समय पर आवाज
मुझसे कहती बदल डालो अक्षर
रुपए पाओगे पूरे पचास।
उलट गई है समूची दुनिया
सरस्वती को लक्ष्मी से डराती है।

लेकिन दुनिया की उलट-पलट और धन के प्रभाव के बीच भी कवि का सद्संकल्प और अपने उसूलों की आत्म-प्रतिष्ठा न केवल सराहनीय है, अपितु अनुकरणीय है—

"पर मैं तो दुनिया को उलटी न करूँगा
दोस्ती हो जाए यमराज से, पर अक्षर न बदलूँगा।"

रविन्द्र कविता को शुभ संकल्पों का माध्यम बनाते हैं तथा 'कालिख' कविता में मानवता से अपील करते हैं—

"इसलिए सर्वप्रथम तो
गंदे लक्ष्य रखना छोड़ो
गंदे विचार उत्पन्न करना छोड़ो
गंदे तरीके अपनाना छोड़ो
और गंदी चीज को ईंधन बनाकर
दूसरे की जिंदगी मत जलाओ।"

रविन्द्र की कविता की विशेषता यह है कि वह पाठकों को गरीबी, अभाव, अन्याय, सामाजिक विषमता आदि के भयावह दृश्य दिखलाकर भी अंततः उन्हें आशा और उम्मीद सौंपते हैं। इस संदर्भ में 'संग्राम' कविता की पंक्तियाँ दृष्टव्य हैं—

"होगा ऐसा घमासान संग्राम
खून की नदियाँ बह जाएँगी
यह अश्रुपूरित मृदा भी तब
लाल लहू की लाली से लाल हो जाएगी
काटे जाएँगे गले झूठ और फरेबों के
धरती से कालिख दूर हो जाएगी।
फिर आएगा देवों का राज्यकाल
बनेगा यह निंद्रासन पुनः इंद्रासन
शांत होगी चिर-ज्वाला, टूटेगी दनुजों की टोली
स्वच्छ प्रभात का होगा शुभागमन
मुरझाई वो कलियाँ खिल जाएँगी
जब होगा एक बार फिर बसंत का आगमन।"

'काला तन, उज्ज्वल मन' में कवि ने दर्शाया है कि गंदी बस्ती के बाशिंदे गरीब लोगों का मन निर्मल है, तो वहीं धनाढ्य लोगों के मन कोयले से भी अधिक काले हैं। यहाँ जीवन का घोर विरोधाभास देखने को मिलता है। समृद्धि में भी घोर चारित्रिक दरिद्रता है—

"मेरी बस्ती तो गंदी है
पर मन में झाँककर देखो—मन तो साफ है?
कभी घूरे हो नौकरशाहों की बस्ती को
निर्मल है, चमकदार है
उज्ज्वल तन, उज्ज्वल वसन
पर मन कोयले से भी अधिक काला है।"

'भूख' अत्यंत मार्मिक कविता है। इस कविता में गरीब की भूख का कारुणिक बयान पाठक को व्यथित करता है। 'हँस के जीना है' कविता में कवि गरीबों के अभावों के बीच भी जीवन के उल्लास और हँस के जीने से प्रभावित है। गरीब बच्चों के उल्लास का उल्लेख करते हुए कवि कहते हैं—

पता नहीं ऐसे कितने होंगे
देश की माटे से धुले-पले
जो थाली बजा बचपन बिताते हैं
या दूसरे के खिलौने देख संतोष कर
भावी जीवन हेतु तैयार हो जाते हैं।

'आज के विद्यार्थी' कविता में कवि पथ-भ्रष्ट, लक्ष्य से भटके एवं दिशाहारा युवाओं को आईना दिखाते हैं तो वहीं कवि की नीर-क्षीर विवेकी नजर ने 'अनोखे साधु' कविता में फरेबी साधुओं का कच्चा-चिट्ठा खोला है।

कवि की कविताओं में सर्वहारा वर्ग के श्रम की भरपूर प्रतिष्ठा है। 'किसान' कविता में कवि सर्वहारा वर्ग के श्रम को प्रतिष्ठित करते हैं—

"सदियों से जो रहते आए
उन फैले विस्तृत खेतों के पास
जीवनभर जो फसलें उगाते
न लेते एक पल भी चैन की साँस
मैं उन किसानों की बात कर रहा
उनको दो शब्द-सुमन अर्पित कर रहा।"

'कटकर गिरते पादप जगत्' में कवि ने धड़ाधड़ काटे जा रहे वृक्षों की वेदना को अनुभूत किया है। यह कवि के अगाध पर्यावरण-प्रेम की कविता है। इसमें कवि धड़ाधड़ काटे जा रहे वृक्षों की वेदना अनुभूत करते हैं तथा उन्हें वृक्षहंताओं का अहंकार पापमयी लगता है—

आह्! इस बेदर्द लोहे का
धड़ाधड़ पड़ता कठोर वार
ये चीखते-चिल्लाते निर्दोष पादप
कितना पापमयी है इनका अहंकार।

कवि समाज में फैली परंपरागत बुराइयों के दुष्परिणामों से आहत है तथा अंध परंपराओं एवं कुरीतियों में पिसते लोगों को ऐसी कुरीतियाँ त्यागने की अपील करता है। 'पार्टी का भोज' कविता में कवि ने 'पार्टी-भोज' या 'मृत्यु-भोज' को नकारा है तथा पाटों में पिसते इनसानों की बर्बादी चित्रित की है—

"एक बूढ़े माता-पिता के मरने का दुःख
अपनी अल्प-विरासत खोकर
जिंदगी भर आँसू बहाते हैं
उन दरिंदों के पेट के लिए
अपना भविष्य दाँव पर लगाते हैं
क्या होगी प्रगति उनकी
क्या उठेगा उनका समाज
कितना भी एक कर लें खून-पसीना
पर पार्टी का भोज कर ही देगा
उनका भविष्य बर्बाद।"

इसी प्रकार संग्रह की अन्य कई कविताओं में भी कवि ने दहेज-दानव या दारू के दुष्परिणाम वर्णित किए हैं।

श्री रविन्द्र कुमार की कविताएँ सामाजिक परिवेश की कविताएँ हैं। उनकी कविता में मानवीय संवेदना, समाज की असमानता, वर्ग-भेद, पूँजीवाद व बाजारवाद के शोषण तथा अंध परंपराओं एवं कुरीतियों के दुष्परिणाम आदि पहलू प्रभावशाली तरीके से अभिव्यक्त हुए हैं, इसलिए ये कविताएँ पाठक को जागरूक करती हैं तथा उन्हें एक जिम्मेदार दृष्टि सौंपती है।

कवि की भाषा और शैली भी सराहनीय है। मुझे रविन्द्र कुमार की

कविताएँ अपने कथन में सच्ची लगीं। आशा है कि श्री रविन्द्र कुमार भविष्य में भी इस 'विक्षोभ और विद्रोह' को लेकर और भी सुंदर और सार्थक कविताओं की रचना करते रहेंगे।

—डॉ. अश्वघोष
7, अलकनंदा एंक्लेव,
जनरल महादेव सिंह मार्ग,
देहरादून (उत्तराखंड)-248001

असमानता की व्यथा-कथाएँ

श्री रविन्द्र कुमार की प्रस्तुत संग्रह 'ललक' की समस्त कविताएँ वर्तमान समय की संगत-असंगत परिस्थितियों को अत्यंत सहज ढंग से व्याख्यायित कर रही हैं। समाज की विषमताओं-विसंगतियों का रेखांकन करते हुए कवि जैसे विचारों का एक सघन प्रवाह शब्दों में छोड़ देता है।

निरीहता और बेबसी की जिन परछाइयों को पकड़कर कवि समाज की अंदरूनी तासीर बताता है, वह कहीं गहरे विचलन को अभिव्यक्त करती है। मन की विचलन भरी मन:स्थिति का आभास कराते हुए कवि व्यावहारिकता की ही बात कहता है। मनुष्य का, समाज का व्यवहार क्या है ? कहाँ जा रहा है समाज ? यह परिवर्तन हमें कहाँ ले जाएगा ? ऐसी कुछ कसमसाहटें पैदा करती हैं इस संग्रह की कविताएँ। कवि की मानसिक वेदना को एक झटके में बाहर की ओर फेंकता हुआ यह स्वर कहीं-न-कहीं वर्तमान की चौखट को ही हिला रहा है। इस संबंध में 'उलट गई है समूची दुनिया' की ये पंक्तियाँ दृष्टव्य हैं— ***'उलट गई है समूची दुनिया/उलट गया है समूचा समाज/अब रक्षक ही भक्षक बन रहे/छोटे सर्प ही तक्षक बन रहे/दाता ही है भूखा आज/सूना पड़ा है मानव समाज।'***

मानवता, भारतीयता और संस्कृति के स्वरूप को मूल से पकड़कर वर्तमान की देहरी पर फेंककर मारने में सक्षम है 'घड़ा' शीर्षक कविता। 'घड़ा' मौलिक ऊर्जा उत्सर्जन की अपनी व्यथा-कथा में कहीं भी टूटता-फूटता नहीं है, वरन् वह हमारे भीतर के मनुष्य को ही तोड़ डालता है,

यथा—*'जब मृदा-कणों को जोड़कर/जल मिला-मिलाकर सानता/फिर पैरों से तोड़-तोड़कर/ढालने लायक मिट्टी बनाता/घुमाकर उसको चाक पर/रूप देता बदल जरा/फिर ठोक-पीट, सुखाकर/कुंभकार बना देता मुझको घड़ा।'*

'बंजारा' शीर्षक कविता भी वही सामाजिक असमानता की अपनी व्यथा-कथा कहती है। ये व्यथा-कथाएँ कहीं बंजारे का रूप धरकर हमारे सामने आती हैं तो कहीं कुंभकार, रिक्शावाला, ताड़ीवाला, किसान आदि का रूप धरकर सामने आती हैं। कवि संवेदनाओं को धीरे-धीरे इन कविताओं के माध्यम से पाठक की ओर प्रेषित कर रहा है। उसे कोई जल्दी नहीं है। शांति से मस्तिष्क में प्रवेश कराना ही उसका उद्देश्य है, ताकि आप इन पर सलीके से विचार कर सकें। विचारने के लिए विचार प्रेषित करते हुए कवि बहुत सौम्य है और यही सौम्यता इन कविताओं की खूबी है—*'दुःख-सुख को अपने साथ लिये/सदियों से चलता आया/रुकना, बैठना और विश्राम करना/उसको कभी नहीं भाया/जमीन, धन-दौलत, सुख-ऐश्वर्य/का लोभ कभी नहीं उसको बहलाता/मिलन-बिछुड़न का दुःख-रोग/कभी नहीं उसको सताता/स्वच्छ प्रकृति का सदा है प्यारा/निरंतर चलता रहता बंजारा।'* ('बंजारा' कविता से)

'ललक' शीर्षक कविता कवि की स्पृहा का अप्रतिम संवाद है। कवि इस भौतिक संसार में आकर क्या प्राप्त करना चाहता है? यह एक शास्त्रीय विधान की तरह पूरी कविता में वर्णित है, किंतु जो वह चाहता है, वह बहुत सूक्ष्म है। यहाँ कवि के चाहने के दो रूप हैं—बहुत कुछ भी और कुछ भी नहीं। वह खिलौने, मोटर गाड़ी, हिमगिरि पर खेलना-कूदना, सैर करना आदि भी चाहता है और राष्ट्र के भाल को उन्नत करते हुए चोटी पर तिरंगा फहराना भी चाहता है। ये कवि के सारे उद्योग केवल एक आकांक्षा की पूर्ति हेतु हैं। वह केवल भारत माँ को गर्वोन्नत देखना चाहता है। अपने श्रेष्ठ कर्मों के द्वारा भारत माँ के भाल को ऊँचा करना कवि का परम उद्देश्य है। अतः कवि की

आकांक्षा आदरणीय है, सम्माननीय है।

इस प्रकार संग्रह की समस्त कविताओं के अनुशीलन से कहा जा सकता है कि असमानता की किन्हीं अदृश्य बेड़ियों में जकड़े समाज के निम्न वर्ग की अनूठी दर्दीली दास्तान को अभिव्यक्त करते हुए कवि मार्मिकता को फेंकता नहीं है, वह अंदर तक प्रवाहित करता है, ताकि झनझनाहट पैदा होती रहे। अत: यह झनझनाहट पैदा करने का, मनुष्य को, समाज को जगाने का काम करती हैं ये समस्त कविताएँ। शुभ और स्वस्थ आलोक में कवि ने वर्तमान समाज की आर्थिक विषमताओं को रेखांकित किया है। ऐसी सार्थक कविताओं के सृजन हेतु श्री रविन्द्र कुमारजी को हार्दिक साधुवाद!

—डॉ. अनूप सिंह

दिसंबर 2020 इ-मेल : anoopsinghbsr@gmail.com

आत्म-कथन

अपने प्रथम कविता-संग्रह 'आंतरिक अंतरिक्ष और स्वप्न-यात्रा' के प्रकाशन के उपरांत प्रस्तुत कविता-संग्रह 'ललक' को आपके समक्ष प्रस्तुत करते हुए मुझे अत्यंत प्रसन्नता हो रही है। इस संग्रह की कविताएँ भी मैंने कक्षा-दशम के छात्र-जीवन के दौरान वर्ष 1997 में लिखी थीं। उन दिनों मैं जवाहर नवोदय विद्यालय, जनपद बेगूसराय का विद्यार्थी था। तत्समय इन कविताओं को मैंने 'फड़फड़ाते पंख' शीर्षक से अपनी नोटबुक में संगृहीत किया था।

यकीनन ये कविताएँ मेरे जीवन के अकेलेपन एवं चिंतनशीलता का परिणाम हैं, जिनकी अभिव्यक्ति का मूल प्रयोजन तत्कालीन विषम परिस्थितियों को पाठकों के समक्ष रखना था। ये कविताएँ आधुनिकता के दुष्प्रभाव व वर्तमान समय की चुनौतियों से संबंधित कविताएँ हैं, जिनको जवाहर नवोदय विद्यालय, जनपद बेगूसराय में अध्ययनरत मेरे अंदर का विद्यार्थी अत्यंत गहनता से महसूस करता था। तत्समय मैं समय, समाज और इंसान से जिस रूप में रू-ब-रू हुआ, वही इन कविताओं में प्रतिबिंबित हुआ है। संग्रह की अधिकांश कविताओं में सामाजिक असमानता का दंश रह-रहकर उभरता है। संग्रह की 'बंजारा' कविता प्रकृति के उन्मुक्त प्रांगण में 'संघर्षों से तपी राहों' को प्रशस्त करती है और बंजारा एक सशक्त प्रतीक बनकर उभरता है। 'वो रिक्शा चलाता है', 'ताड़ीवाला', 'किसान' कविताएँ श्रमजीवियों का दर्द बयाँ करती हैं। 'अनोखे साधु', 'आज का विद्यार्थी' कविताएँ सामाजिक और

शैक्षणिक कुरीतियों का पर्दाफाश करती हैं। 'हँस के जीना है', 'हँसता हुआ सैलाब' कविताएँ आशा के विहान की अगवानी करती हुई प्रतीत होती हैं। 'काला तन, उज्ज्वल मन' एक पृथक् अभिवृत्ति का स्थापन करते हुए संवेदना की लहरों को उद्वेलित कर देती हैं। 'संग्राम' कविता के परिपार्श्व से झाँकती ऐतिहासिक छवियाँ स्वच्छ और स्वस्थ प्रभात के आगमन का वंदन करती हैं।

अंत में मैं वरिष्ठ कवि आदरणीय डॉ. अश्वघोषजी का हार्दिक आभार ज्ञापित करता हूँ, जिन्होंने इस पुस्तक की भूमिका लिखकर अपना आशीर्वाद प्रदान किया है। भूमिका आलेख के लिए डॉ. अनूप सिंह एवं पुस्तक के रेखाचित्रों के लिए श्री प्रवीन नरेश (प्रवीन अनम) भी मेरी हार्दिक कृतज्ञता के अधिकारी हैं। इस पुस्तक प्रकाशन से जुड़े उन सभी लोगों, जिनका इन कविताओं को मेरे छात्र-जीवन की नोटबुक से पुस्तक का वर्तमानस्वरूप प्रदान करने की प्रकाशन प्रक्रिया में किसी-न-किसी स्तर पर योगदान रहा है, के प्रति भी मैं हार्दिक आभार व्यक्त करता हूँ।

कविताओं पर प्रतिक्रियाओं एवं संस्तुतियों की प्रतीक्षा में साहित्य के समस्त सुधी पाठकगण को सद्भाव सहित।

—रविन्द्र कुमार

इ-मेल : ravindra.everest@gmail.com

वेबसाइट : www.shriravindrakumar.com

अनुक्रम

ललक

नहीं मिलते मुझे खिलौने
ललक नहीं है मुझको इनकी
पर एक ललक जरूर है मन में
हँस-हँस कर ही बचपन बिताऊँ।
मोटरगाड़ियों से करने से, मसूरी की सैर
ललक मुझे है इसकी
पर चढ़कर हिमगिरि की चोटी पर
ललक है हिंद का तिरंगा फहराऊँ।
मेरे घर आज अँधेरा
ललक नहीं मुझे विद्युत लाइट की
पर अँधेरे में भटकती भारत माँ के हित
ललक है प्रकाश का एक दीप जलाऊँ
पढ़-लिखकर महान् कहलाऊँ
ललक मुझे नहीं है इसकी
पर अध्यात्म-ज्ञान को जग में फैलाकर

ललक है आर्यावर्त्त को विश्व-गुरु बनाऊँ।
जाकर जग के किसी कोने में
ललक नहीं शांति हेतु तपस्या करूँ
पर ललक है राह से भटके देशवासी को
योग की शिक्षा दे पथ पर लाऊँ।
जब भी मँडराए देश पर संकट
ललक नहीं टी.वी. पर युद्ध दृश्य देखूँ
पर ललक है देशहित में लड़ते-लड़ते
बलि होकर देश-रक्षा को जामा पहनाऊँ।
इस शक्तिवान विज्ञान-यान में
ललक नहीं बैठकर जग का चक्कर लगाऊँ
पर ललक है इस अमानवीयता को म्यान से खींच
उसमें मानवता का उज्ज्वल खड्ग सजाऊँ।
मैं इस विशाल बगिया का फूल
ललक नहीं सोने के तारों में गूथा जाऊँ
पर ललक है बसी मन में
देश हित के लिए सर्वसमर्पित हो जाऊँ।

□

कटकर गिरते पादप-जगत्

ये पादप-जगत् आज लोहे की मार से
कटकर धड़ाधड़ गिरते जा रहे हैं,
कुछ नष्ट हो जाते ऊपर ही
कुछ धरती की कोख में समा रहे हैं।

आह! इस बेदर्द लोहे का
धड़ाधड़ पड़ता कठोर वार
ये चीखते-चिल्लाते निर्दोष पादप
कितना पापमयी है इनका अहंकार।

यह समूचा पादप-जगत्
परोपकार की साक्षात् मूर्ति
कितना श्वेत, शुद्ध और निरभिमानी
जीवन में भोजन की यही तो करता आपूर्ति।

दूसरों को सुख देनेवाले पुष्प
आज स्वयं ही दु:खी हैं
पर इनके त्याग से बननेवाले तेल-फुलेल
क्रीम और पाउडर ही आज सुखी हैं।

आज जबकि समूचे युग पर ही
जोश, लोहा बनकर बरकरार है
तब इनकी सारी चीख-चिल्लाहट बेकार है।

ये समूचे पादप-जगत् सबके लिए
सदा से वरदान साबित हुए हैं
पर अपनी शक्ति क्षमता की मनमानी कर
ये लोहे इनको काटते आए हैं।

पर जान लो एक बात
ये आज कटकर भी उठते जा रहे
उस काटने वाले लोहे के बहाने प्राण लेने
यमदूत बनकर आ रहे
हवा-पानी सब दूषित कर
इस लोहे की सभ्यता को मिटा रहे।

□

भूख

उस जलती दोपहरी में
जा रहा था वो भोजन की गठरी थामे
बालक लटकाए अपने छोटे हाथ में
गुजर रहा था उस मेड़ पर से
जिसके खेत का
गेहूँ काटा जा चुका था,
पहुँचना था उस क्षितिज के पास
खेत पर भोजन लेकर,
जहाँ उसके पिता भोर में ही गए थे
पर अभी तो गरमी राक्षस बन
शरीर को जैसे सोखती जा रही थी,
जैसे पीकर यही पसीना
अपनी जलती प्यास बुझा रही थी
उसकी तंद्रा टूटी जब
आगे नजर गई काले ढाँचे पर

फटे हुए पैर जैसे जल रहे थे
नंगे तन से धूप टकराकर
अपनी गरमी छोड़ रही थी
थरथराते पाँव किसी तरह आगे बढ़ रहे थे
सिर पर चार मन का बोझा
थामे बढ़ रही थी वो बूढ़ी
इस बच्चे के हाथ भोजन की गठरी देखते
उसकी पुरानी आँखों में
रोशनी सी आ गई भोजन देखकर ही
उससे बोली, 'जाओ बेटा, जल्दी, तेरे बापू भूखे होंगे,'
आश्चर्य को मन में समेटे
बढ़ने ही जा रहा वो बालक
बेहाल था धूप से तभी एक पुकार सुनी—
'बेटा जरा बोझा उठा देना'
उसने सुनकर इनकार कर दिया
बेचारी वो बुढ़िया पुनः बैठ गई वहीं
आखिर पहुँच गया पिता के पास
भूख मिटाई उस भूखे बाबू ने
बर्तन बाँध दे दी हाथ बच्चे को
लौट पड़ा उसी धूप में पुनः बच्चा
पर एक बात मन को कचोट रही

वह बुढ़िया भी क्या भूखी थी
लौटते पहुँचा जब उधर से
देखा वहाँ जाकर खेत पर
उस जलती धूप को जैसे ताप रही
वो मरणासन्न बुढ़िया सोई थी
वो बच्चा आश्चर्यचकित हो बोला उससे
बोझा नहीं उठवाना है लाइए उठा देता हूँ
ओह! ऊपर देखती मेरी आवाज में
बेटा नींद लग गई थी
रात भर मालिक के थ्रेशर पर काम किया
भोर से यहीं हूँ—
कुछ देर पहले, मेरे घरवाले गए हैं बोझा लेकर
मैंने सोचा, उठा देंगे तो चली जाऊँगी,
जो कुछ देंगे, मालिक
पकाकर भोजन, भूख बुझाऊँगी,
मेरा वो बेटा घर में भूखा होगा,
क्या करूँ काफी भूख लगी है,
लेकिन अन्न मिलेगा, तब तो
तेरा शुक्र हो बेटा उठा दे बोझा
बोझा के भार से थरथराते पाँव
बढ़ गई तपती धरती पर

शायद भूख ही ले जा रही थी उसको
वो बच्चा, आश्चर्यचकित था
उसकी भूख तो बड़ी अल्प थी
उसकी जलती भूख के सामने।

□

कालिख

यदि गंदी चीज को ईंधन बनाकर
गंदे तरीके से जबर्दस्ती
गंदे लक्ष्य को लेकर जलाओगे
तो कालिख बनेगी ही
जिसकी कालिमा तुम्हारे मुख को
काला कर देगा ही
तुम्हारे मुँह पर पुती ये कालिख
मन पर छाई कालिमा
हृदय में भी वर्तमान कालापन
इसी का तो परिणाम है
इसलिए सर्वप्रथम तो
गंदे लक्ष्य रखना छोड़ो
गंदे विचार उत्पन्न करना छोड़ो
गंदे तरीके अपनाना छोड़ो
और गंदी चीज को ईंधन बनाकर
दूसरे की जिंदगी मत जलाओ।

□

असमानता

उनके रंग-बिरंगे वस्त्र देख
मेरा भी जी ललचाता है
पर अपने पिता की हस्ती देख
मैं ही नहीं और भी कितने
मन मसोसकर रह जाते हैं
आखिर हम और वे दोनों तो समान हैं
विद्या में हम ही आगे
फिर उन्हीं के पास क्यों तीर-कमान हैं
रोज बदलते कपड़े तन पर
सीधी चलती कटार मेरे मन पर
जब रहना-सोना, उठना-बैठना
सबकुछ करना, एक जगह है
अधिकार और सुविधा भी एक तरह की
पर उनके रंग-ढंग और शान-औ-शौकत
आखिर ये असमानता क्यों?

आखिर मेरी औकात इतनी कम क्यों?

मन में दृढ़ता आती है

महाभारत के एकलव्य की याद आती है

फिर कुछ कर दिखाने की दृढ़ता के साथ मन शांत हो जाता है

मानव-मानव में यह असमानता

शायद मानवता के लिए अभिशाप

कराह रहीं कितनी आत्माएँ

जब एक फेंकता भोजन दूसरा सोता भूखा

पर सहन करनी पड़ती, सब पीड़ाएँ अपने आप

मानवता पर यह अभिशाप

मानवों को करना चाहिए इसका पश्चात्ताप,

वरना इसका फल बहुत बुरा होगा

जब अरबों आत्माएँ विद्रोह करेंगी

एक बार पुनः समानता कागजों पर नहीं

मानवों में होगी।

□

सहारे का सहारा

उनके अरमानों से जाकर पूछो
जो लिए जा रहे सपने अधूरे
नीरस होंठों पर गायब हँसी
मृत आँखों में शुष्क भावमाला,
शायद एक बोझ-सा अपने आपसे
ढोए जा रहे पूछो उन ख्वाबों से जाकर
जो कल स्वप्नों की शाम सजाते
पूछो उन मरे हुए-से मुरझाए कर से
जो कल तक सजीव-सा, पन्नों से दोस्ती रखे
जिनमें जीवन कल तक था, आशा भरी हरीतिमा
पर वह हरीतिमा जैसे आज पुती हो मुँह पर बनकर कालिमा
शायद उनके सूखे अधरों से
दो शब्द टपक पड़ें या अश्रु नयन-द्वार से निकलें
पता चलेगा—उनके सपने अधूरे ही रहेंगे
उनमें पूर्ण साकार स्वप्न खरीदने की क्षमता कहाँ

वे तो आजकल खुले बाजार में बिकते हैं,
जिनमें है क्षमता, खरीद कर पूरे कर ही लेते स्वप्न सुनहरे
पर अपनों के जीवन में क्या है
स्वप्न तो ऐसा समुद्र है जो
बिना नैया के नहीं किया जा सकता पार
पर जो रखते है नैया, वही जीतेंगे
इस छोटे तन से, बिना संबल के
इन लहरों से मोती वह कैसे लूट पाता
आधे पल तो पन्नों से चिपके रहे
उन लहरों से मोती पाने की चाह से
तैरना सीखते रहे उन आधे पलों में
'पर तैराक भी तो नैया के सहारे जाते हैं,
जब से यह जाना तभी से अधूरे स्वप्न लिए हूँ,
आखिर किस नैया से पूर्ण करूँ, सुनहरे स्वप्न
इस धरती पर रहकर भी
मैं मृदा से खेल नहीं सकता
ओह! हिंद देश में कितने बूढ़ों की लाठियाँ
आज भी बूढ़ों के सहारे चल रहीं,
यानी सहारे को ही सहारा मिल रहा
इस शर्म और कलंक को कब तक ढो पाऊँगा।

□

वो रिक्शा चलाता है

छब्बीस साल का होगा वो जवान
हट्टा-कट्टा देखने में भी स्मार्ट
देखने से ही लगता है पढ़ा-लिखा है
सर्विस कर रहा होगा कहीं
पर सच मानिए तो उलटा है
वो बेचारा रिक्शा चलाता है
पाँच साल पहले बी.ए. किया
कितने ही इम्तिहान में बैठा
पर किसी में भी सफल न हो सका
निराश होकर घर आ बैठा
मुझसे कहता था—बेचारा
"जहाँ भी गया उससे घूस की माँग हुई
छोटी-सी किरानी पद के लिए भी
तीस हजार से कम में गुंजाइश नहीं थी
उसके पास न खेत, न धन-दौलत,

बाप भी रिक्शा चालक वो भी चलाता है।
बेचारा, शर्म से सिर नहीं उठाता,
घर में जवान बहन है,
वो भी मैट्रिक पास है,
बूढ़े माँ-बाप नहीं रहे कमाने लायक।
परिवार का पालन-पोषण करना,
बहन की शादी भी करनी है,
सब भार आ गया कंधे पर
नहीं थी कोई बाह्य सहायता
बगल से एक रिक्शा एजेंसी से रिक्शा ले
वो बेचारा रिक्शा चलाता है।
अपना खून-पसीना एक कर दिन-रात
परिवार का पालन-पोषण करता है
बेचारे को नहीं मिली नौकरी तो क्या है ?
अब तो रिक्शा चलाता है।

□

ताड़ीवाला

सुदूर शहर से जब उन गाँवों में
वासंती बहार आती है
छा जाती मस्ती ग्रामवासियों में,
तब ताड़ीवाला ताड़ीखाना लगाता है।
शहर की शराब, मदिरा से
अनभिज्ञ ये ग्रामवासी
अपनी चिर-थकान दूर करने
ताड़ी पीकर बन जाते स्वप्नवासी
वासंती अनुराग के झोंको में
जब ताड़ और खजूर के झब्बों के बने
लग जाते जगह-जगह ताड़ी के घर
ताड़ी की मादक सुगंधों से सने
लीप-पोतकर उस जगह को
जब रखे जाते ताड़ी के घड़े

नाचते-गाते ग्रामवासी
खाली कर देते घड़े-के-घड़े
खुशियों से झूमता हुआ
ताड़ी पीने को पुकारता ताड़ीवाला।
पीनेवाले पीते रहते
खुशी से देता रहता ताड़ीवाला
गाँव के किसान लोहार बढ़ई
जब बोझिल महसूस करते काम से
तब चल देते ताड़ीघर की तरफ
छुट्टी कर लेते अपनी थकान से
ये दो पैसे वाले भोले-भाले
कहाँ से लाएँगे महँगी शराब
दो पैसे की ही ताड़ी से
दूर कर लेते अपना तनाव
मिट्टी के तन, मिट्टी के मन
मिट्टी का ही बना, ताड़ी का घड़ा
ताजा ताड़ी पीकर ताजगी पाते
सूखा जीवन, फिर हो जाता हरा-हरा
बैठ-प्रकृति की गोद में
नयनों से वे पीते सौंदर्य

मुँह से पीते धड़ाधड़ ताड़ी
देख उन्हें मदिरा भी करती आश्चर्य
जिनके नहीं है कोई पिलाने वाला
उनको जीभरकर पिलाता ताड़ीवाला
जिनके गम को बाँटनेवाला कोई नहीं
उनके गम को धो देता ताड़ीवाला।
ताड़ी पीकर जब मदहोश मन
गाने लगता मस्ती भरा गीत
लजा जाता उनका गीत सुन
उनके स्वर्ग का वो कनक-संगीत
टूटे घड़े का साज बजाकर
हृदय-तार को जब वे कँपाने लगते
वासंती झोंका भी तब खिल उठता
जवान फसल भी बहार में झूमने लगती
जब उठकर पीते दल के दल
घड़ा हाथ में थामे चल पड़ते
उन रईसों की मदिरा के
अंहकारी मन भी डोलने लगते
उन दबे-कुचले आशिकों को
प्रेम-जीवन दे देता ताड़ीवाला।

शराब-शबाव और व्हिस्की का अहं

तोड़ने की क्षमता बाँटता ताड़ीवाला

उस प्रशांत गाँव का ताड़ीवाला

वह शांत-प्रांत मन का ताड़ीवाला

वह खुशियाँ बाँटता ताड़ीवाला

वह नवजीवन का मालिक ताड़ीवाला।

□

आखिर कब तक

नारियों का अभिशाप बन
युग-युग से पीछा करता
ढीठ, अत्याचारी अहंकारी
प्रलयंकारी प्राणहंता आ रहा
आज भी सहस्त्र दुल्हनों के
जिंदा प्राणों को हरता जा रहा
कितना आततायी है यह रावण
बन जाता दो प्राणों के बीच दुश्मन
उजाड़ देता माँग के सिंदूर को
उसी माँग से जो उसे करती सुशोभित
कितनी नवचेतना, कितनी नव प्राण
कितने नए रंग भरे माँग हुई अब तक शोषित
कितने हो गए नर से नराधम
दनुजों के सम होकर जो
खा गए कितने जिंदा दिलों को

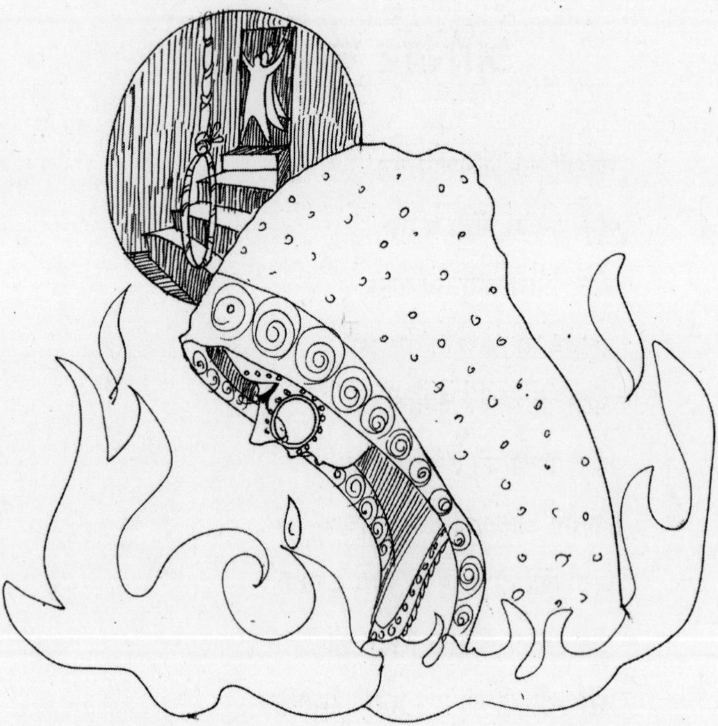

जला दिया जिंदा बिना चिता के
झुला दिया फाँसी पर बिना फँदे के
बिना किसी कसूर उन नवविवाहिताओं को
पूछो उन वधुओं की भटकती
दर–दर की चोट खाती आत्माओं से
मन में जिनके पिता के लूट जाने की चिंता
हृदय में जिनके भाइयों की दुर्दशा की वेदना
और तन में समाई रोज खरी–खोटी
गालियाँ और पति की मरी संवेदना
आखिर कब तक सही जाएगी
यह अमानवीय कृत्य भरी वेदना!

□

पार्टी का भोज

उस गाँव में दो ग्रुप हैं लोगों के
दोनों के खान-पान होते हैं अलग
उठक-बैठक और नियम भी हैं कुछ अलग
दोनों पार्टियों का अलग-अलग अगुवा है,
जब भी गाँव में
होता किसी के यहाँ कुछ धार्मिक कार्यक्रम,
उन्हें कम-से-कम अपनी पार्टी के लोगों को
भोजन का आमंत्रण देना पड़ता है
और इस नियम की अवहेलना करनेवाले को
पार्टी से निकाल दिया जाता है।
उनका क्या है, जो हैं इस योग्य
है, जिनके पास धन-दौलत
दे-देते दो-चार से दस गाँव के लोगों को
सामूहिक भोज का निमंत्रण
कराते भोज बढ़ाते दोस्ती सबसे

बढ़ाते दोनों ग्रुपों में भिन्नता
खिला देते एक बार पर
खा लेते घर-घर जाकर दस बार,
भोज में होता अन्न बर्बाद
पर बढ़ा लेते वे अपना वर्चस्व
हालत उनकी है देखने लायक
जो दिन कमाते रात खाते हैं
नई उम्र के यदि जवान हों
दिल्ली, पंजाब चले जाते हैं।
मर गए यदि बूढ़े माँ-बाप
तो उन्हें भी पार्टी का भोज करना है।
या तो वर्षों की कमाई खोकर या जमीन बेचकर
अपनी 'पार्टी का भोज' करना है,
अपनी पार्टी के लोगों को मिलाए रखना है।
जीवन में आगे की सोचकर भी उन्हें
दबे मन से कमाई, बर्बाद करनी है।
एक बूढ़े माता-पिता के मरने का दुःख
अपनी अल्प-विरासत खोकर
जिंदगी भर आँसू बहाते हैं,
उन दरिंदों के पेट के लिए
अपना भविष्य दाँव पर लगाते हैं,

क्या होगी प्रगति उनकी,
क्या उठेगा उनका समाज
कितना भी एक कर लें खून-पसीना
पर 'पार्टी का भोज' कर ही देता उनका भविष्य बर्बाद।

□

बंजारा

दुःख-सुख को अपने साथ लिये
सदियों से चलता आया
रुकना, बैठना और विश्राम करना
उसको कभी नहीं भाया
जमीन, धन-दौलत, सुख-ऐश्वर्य
का लोभ कभी नहीं उसको बहलाता
मिलन-बिछुड़न का दुःख रोग
कभी नहीं उसको सताता
स्वच्छ प्रकृति का सदा है प्यारा
निरंतर चलता रहता बंजारा॥

जंगलों, पहाड़ों और झुरमुटों से
निरंतर चलता आता
खेत-खलिहान और नाले
सबको लाँघकर बढ़ता जाता
दहाड़ता सिंह हो या गरजता अंबर

नहीं किसी से वह डरता
बिछ जाए रेगिस्तान या फट पड़े अवनि
पर कभी नहीं वह साहस खोता
वह संघर्षों से तपी राह का दुलारा
निरंतर चलता रहता बंजारा॥

स्वच्छ प्रकृति से प्रसाद माँग
वह भोजन कर लेता
कच्चा-पक्का जो मिल जाए तरु से
सबकुछ वह ग्रहण कर लेता
आदि मानव की संतान है वह
कंद-मूल खोदकर खा लेता
उन नन्ही मधुमक्खियों से मधु ले
बनता सबका प्यारा
निरंतर चलता रहता बंजारा॥

प्रकृति के वसन को पा
उससे ही तन ढक लेता
जो भी मिल जाता उसे
सब संतोष से रख लेता,
नदी-नालों से प्यास बुझा
वर्षा का जल पी लेता

समाज से रहकर अलग भी

बनता समाज का सहारा

निरंतर चलता रहता बंजारा॥

□

किसान

सदियों से जो रहते आए
उन फैले विस्तृत खेतों के पास
जीवन भर जो फसलें उगाते
न लेते एक पल भी चैन की साँस
मैं उन किसानों की बात कर रहा
उनको दो शब्द सुमन अर्पित कर रहा।
रहती जिनकी दोस्ती माटी से
नाचती-लहलाती फसलों को संतान मानते
बाँधते चिलचिलाती धूप में समाँ
मैं उन किसानों की बात कर रहा
उनको दो शब्द सुमन अर्पित कर रहा।
जो दिन-रात का अंतर न समझते
करते रहते काम खेत पर
कब रात हुई, कब प्रभात हुआ
पता नहीं चलता, उन्हें काम करते मेड़ पर

असमाँ चिल्लाए या जलधि रोए
या माथे पर पैर रख, ठंड से वायु भागे
चढ़े दिनकर धरती पर अग्नि बरसाए
पर इस तपस्वी की तपस्या भंग नहीं हुई किसी के आगे।
जब आती काली रात कालिमा फैलाए
डर से बोलने लगते उल्लू भी
प्रकृति सोई होती पादप-जगत् भी नींद में खड़े
पर अथक किसान कभी हारता-रुकता ही नहीं।
जिसने कभी न जीवन रंगीन किया न वस्त्र पहने रंगीन
बस पहनकर नाम के वस्त्र समय काटते संगीन
खुद रोटी खाकर औरों को मेवे खिलाते
मैं उन किसानों की बात कर रहा
उनको दो शब्द-सुमन अर्पित कर रहा।
क्या उन्हें है लेना-देना परिवर्तन से
सदियों से सब करवट लेते आए
पर नहीं कभी ली है करवट इसने
उषा के प्रथम प्रभात से वैसे ही आए
मैं उन्हीं किसानों की बात कर रहा
उनको दो शब्द-सुमन अर्पित कर रहा।

□

अनोखे साधु

तन पर लदे कीमती गेरुए वसन,
जिन पर लिखा है श्रीराम का नाम
माथे पर सजाए हुए चंदन
देखते ही उनको सब करते प्रणाम।
बड़ी-बड़ी दाढ़ी बढ़ाए हुए
गले में लटकी दो-चार कंठी मालाएँ
पैरों में पहने हैं खड़ाऊँ
हाथों में हजारों के छल्ले पहने हैं।
खाते हैं पान और सुपारी
पीते हैं एक-पर-एक सिगरेट
कभी-कभी तो देखे जाते मदिरालय में भी
होटल से मँगवाकर खाते मीट भरपेट।
जब सुनिएगा इनकी क्षमता व वर्चस्व
और सुनाऊँगा उनके काम
माथा टेक, हाथ जोड़कर

करिएगा इस 'अनोखे साधू' को प्रणाम।

एक तरफ मुखिया हैं वे
पूरे क्षेत्रभर के साधुओं के
दूसरी तरफ रखते अफसरों से संबंध
पंचायत करते डकैतों की भी
जब पुलिस थाने वे जाते
बेरोक-टोक घुस जाते अंदर
सिपाही सब उनको शीष झुकाते
आदर करते थाना प्रभारी एक अफसर की तरह
जाते जब भाषण-भूषण देने
उन रईसों के दरवाजे पर
चल जाता एक जलसा-सा
बातें करते पार्टी-पॉलिटिक्स पर
क्या दुःख दूर करेंगे दीन-दुखियों के
बिना वेतन के करा लेते उनसे काम
साधुवाद के नाम पर, जरा सी आनाकानी की तो
पीटकर भगा देते, दुहराकर श्रीराम का नाम
चरित्र की बात ही छोड़िए
जरा-सी आँख मिलाकर उनसे
कर लीजिए बात और मतभेद से खास
बस साँस लेंगे वे प्राण हरवा के

पुलिस चौकी

जमींदारों के जमींदार हैं ये
जीवन बीते एकदम रंगीन
कई बार रंगे हाथ पकड़े गए हैं
पर धन से मुँह भर देते बेचकर थोड़ी जमीन।
मंदिर और पूजापाठ से दूर
कहते मन से ईश्वर की पूजा करते हैं
अपनी गाड़ी से करते सैर
चौक–चौगाड़े थाना में बयानबाजी करते हैं।
एक नहीं, सैकड़ों हैं ऐसे,
जो महात्मा की लिए फिरते हैं उपाधि
पर हैं अंदर से दुरात्मा से कम नहीं
तभी तो कहता हूँ उन्हें 'अनोखे साधु'।

□

आज के विद्यार्थी

आधुनिकता की राह चलते
तुम भी यहाँ तक पहुँच आए
उलटी दुनिया, उलटी राह
तुम भी उलटे बनकर आए
आधुनिकता की उड़ान में
उड़नेवाले थे तुम पंछी
तभी तो कहलाते हो आजकल
'आज के विद्यार्थी'।
पान-मसाला और सिगरेट
बीड़ी, तंबाकू, भाँग, शराब
बाप की कमाई से पीते भरपेट
सड़क पर टहलते हो बनकर नवाब
विद्या की तो कब की तुमने
मारकर सजा दी अर्थी
तभी तो कहलाते हो आजकल

'आज के विद्यार्थी'।

चाय, पान और लाल व्हिस्की

साथ में चाहते हो हसीन बाला

गरीबी कमर तोड़ रही हो जिसकी

खाली कर देना चाहिए तुम्हें विष से लबालब प्याला

कॉलेज में नाम लिखाकर घूमते हो

पहचानते नहीं महत्त्व समय का

तभी तो अनुपम अलंकार से विभूषित हो

'आज के विद्यार्थी'।

सरस्वती के उपासक कहलाने वाले

लक्ष्मी की कल्पना में जीते हो

पुस्तक के पन्ने फाड़ पतंग बनाते

या बेचकर उसे राजनीति में जीते हो

सूट-पैंट और जूते पहनकर

छड़ी डुलाते दिखावा करते रंगवाज होने की

तभी तो अनुपम अलंकार से विभूषित से

'आज के विद्यार्थी'।

सप्ताह में कम-से-कम सात फिल्म

साथ में हरदम कंघी होना चाहिए

आँखों पर लगाकर काला चश्मा

जेब हरदम भरा हुआ होना चाहिए

खर्राटा भरकर रात बिताते

पढ़ाई के वक्त, दुहाई देते मौसम की

तभी तो इस यशस्वी पदवी पर तैराक से

'आज के विद्यार्थी'।

परीक्षा का जब समय आता

तब पुस्तक का महत्त्व याद आता है।

नकल करने की दृढ़ प्रतिज्ञा ले

बम, पिस्तौल, छुरी के साथ परीक्षा भवन में जाते

फिर यदि सफल न होते

तो दुहाई देने लगते पिताजी की

तभी तो इस यशस्वी पदवी पर तैनात होकर कहलाते हो

'आज के विद्यार्थी'।

□

मजदूर के मुँह से

जेठ की दुपहरिया में
गरम तपती सड़कों पर
कंधे पर कुदाल लिये
जा रहा था वो मजदूर।

खुला बदन पसीने से तर
कमर में लिपटी मटमैली धोती
सिर के उजड़े पड़े बाल
ढली उम्र का सबूत लिये।

गुजरा उस चौक से जब
जहाँ एक बरगद पेड़ के नीचे
एक चाय दुकान की झोंपड़ी
और पीछे इंदिरा जमाने का चापाकल।

'जरा आराम कर ले भाई'
आवाज जब थके कान में पड़ी

कुदाल जमीन पर रख
पसीना पोंछ, जम्हाई ली।

आराम मेरे नसीब में कहाँ लिखा है?
आराम तो कुर्सीवाले को ही मिलता है
हम तुममें क्या हिम्मत,
जो दो पल विश्राम कर लें।

अरे भाई! दो पल विश्राम करोगे
तो दो दिन तक भूखे रहना पड़ेगा
अपनी तो बात ही छोड़ो
उन बाल-बच्चों का क्या होगा?
बचपन से केवल ठप्पा मारने का रहा हकदार
पर पेट पालने के लिए तो थामना पड़ा है कुदाल।

कभी नहीं सुधरेंगे कुर्सीवाले
लगता है सबने मिलकर समझौता किया है
कोई भी आए ऊपर से नीचे तक
अपने रहस्यमय आदर्श को नहीं छोड़ता।

विदेशों में है बैंक बेलेंस
जब कुर्सी से जुदा हो जाएगा
बिना परिश्रम के शांति से
सात पुश्त तक बाल-बच्चा खाएगा।

एक मेरे बाल-बच्चे,
जिन्हें कुदाल ही थामना है,
जब ऊपर वाले ने लकीर दे दी है
मेरे बच्चे तो उसी पर चलेंगे।

□

हँस के जीना है

शहर से दूर गाँव,
उन गाँवों से सुदूर
उन वीरान स्थलों पर
चारों बगल जहाँ हरियाली
और उसे ढँकता आसमाँ का छप्पर
जहाँ उस क्षितिज से आती,
वो एक पतली–कच्ची सड़क
और उस जगह इस सड़क के
दोनों ओर उनकी झोपड़ियों
सड़क के बगल में बँधी बकरियाँ
और सड़क पर बिखरे वे डंठल
शायद धूप ताप रहे हों,
क्योंकि जलना है अभी ज्वाला में
तभी तो तैयार होगा भोजन
उनसे शांत होगी

इन दीन–दुखियों की पेट की ज्वाला।
अगल–बगल कोई खजूर
काँटे समेत दृश्य देख रहा था।
नजर गई उन नन्हे पुतलों पर
तन पर वसन की जगह थी
पानी की बूँदों के साथ मिल
धब्बे बनाती परत चढ़ी धूल
सिर पर जैसे शिव की जटा
जो था खजूर के नीचे खड़ा।
एक हाथ में लिये पेट के बल
एक गंदी एल्यूमिनियम की थाली
दूसरे हाथ में थमी एक छोटी छड़ी
ले वे बजा रहे थे थाली
तन्हाई भरे कंठ से निकल रहे थे
'जीना है तो' हँस के जीयो।
नाक से बहती वो धारा
मुँह की वो तुतली बोली
पर लगा जैसे जीवन की
क्षणभंगुरता का अहसास हुआ है
क्षणभर के बचपन को
आलामस्ती से बिताने की चाह है।

एक गजब का अहसास हुआ
उनकी शुष्क पड़ी छोटी आँखों में झाँका
लगा जैसे धुएँ में भी, कुछ चमक रहा हो
तभी तो शुष्क जीवन में भी
शुष्क होंठों पर नमी दिखी थी।
मुझे देखकर वे होंठ रुक गए
इधर-उधर देखता हूँ जब
दूर खेतों में उस बेदर्द धूप में
कुदाल चला रहे दो-चार जवान
कुछ ही दूर खुरपे से कुछ करतीं
तीन-चार महिलाएँ आँचल ओढ़े, तभी नजर उठी आगे
सड़क से आती भैंसों का झुंड
सब बढ़ती हुई बलखाती हुईं
पीछे सिर्फ एक हिलता हुआ डंडा
दिखाई पड़ा पर बाद में जब देखा
एक कच्छाधारी बालक चला।
मन को कुरेदता बढ़ गया मैं
क्यों नहीं हँस के जीएँगे अल्पकाल में
फिर तो सारा जीवन पिसना है चक्की में
नहीं मिलते खिलौने इन्हें
फिर भी, कहीं मरते वक्त पछताना न पड़े,

इसलिए थाली बजा खुश हो लेते हैं
पता नहीं ऐसे कितने होंगे,
देश की माटी से धुले-पले,
जो थाली बजा बचपन बिताते हैं
या दूसरे के खिलौने देख संतोष कर
भावी जीवन के लिए तैयार हो जाते हैं।

□

नीरामृत

धारण करता है जल जीवन
अमृत भी देता है जीवन
सुना भी है—
जल ही जीवन है
पर नहीं सुना आज तक
जल अमृत हो सकता है प्रिय
पर नीर आज अमृत है
यह केवल नीर नहीं नीरामृत है
कहते हैं देवों ने
अमृत को दर-दर खोजा था
पर आज श्रेष्ठ मानव ने
नीर को दर-दर खोजा है
लगती है जब प्यास उन्हें
जब जाने लगते उनके प्राण
बूँद-बूँद जल, कण-कण जीवन

मुँह गीला हुआ नहीं, बस लौट आता प्राण
पर मिलता नहीं यह आज सबको
जैसे अमृत नहीं मिलता सबको
मिलता इसका शुद्ध रूप
केवल उन स्वर्गवासी देवताओं को
पर जीवन जीने का अशुद्ध रूप
मिल जाता है मनुष्य को
जीवन के संतोष समेत
लगता है उन्हें नीरामृत
इसका सबसे विशुद्ध रूप
पाने की क्षमता रखते केवल अंग्रेज देवता
अब तो बिकता यह बाजार में
मिलता नहीं समुद्र–मंथन से
मनुष्य को यह आज भी
मिलता नहीं दोनों शाम
जब पीते इसे देवगण
और पीते उनके रथ के घोड़े
तब बेचारे दनुज के बच्चे
मुँह खोले सो जाते आसमाँ के नीचे
कहीं ऊपर से एक बूँद
गिर जाए उनके भी मुँह में

बाजार

यह नीरामृत है काफी मूल्यवान,
क्योंकि इसके बिना बचते नहीं प्राण
अमृत तो मरे को जीवन प्रदान करता
पर यह जिसको नहीं मिले
वे जीवित होकर भी मर जाते
तब यह नीरामृत अमृत से मूल्यवान है होता
यदि मिलता यह आज भी तपस्या से
तो ले लेते दनुज भी
पर देनेवाले देवता ही तो
आज इससे अपनी प्यास बुझाते
फिर इन असहाय दनुजों को
कौन नीरामृत उपलब्ध कराएगा
सोचो जरा तुम
आज जमाना ही बदल गया है
करते हैं लोग जनकल्याण के काम
पर रुपए से बेच-बेच नीर से अमृत बना करते हैं
जनकल्याण
प्यासे-प्यासे ही रहते बिन नीरामृत के।

□

पागल

मेरे फटे हुए वसन देख
ओ आँखों पर चरबी चढ़ाए तुम!
हँसी का पात्र बनाते हो
तुम्हारी नजरों में मैं तो
एक पागल कहलाता हूँ।
मेरे नग्न पाँव फटे-सूखे
मेरे होंठ रूखे-सूखे
मेरे शरीर भी लकड़ी से
मुझे तो तुम लोग पाँव तले ही
रखना चाहते हो; अपना दास बनाना चाहते हो
हँस लो आज जितना हँसना है
थूक लो आज मुझ पर जितना थूकना है
पर मेरे भी जेहन में जलती रही है एक ज्वाला
पागल में जो पागलपन बस रहा है।
वही पागलपन है मुझमें

वही मस्तानगी, दीवानगी है मुझमें
जो जहाँ चाहे जा सकती है
यदि जरूरत हो तो
देशहित में बलिदान भी दे सकती है।
पर तुम लोगों में क्या है!
यही केवल खोखली हँसी
गंदे मुँह के गंदे थूक से
धरती को गंदा कर देते हो,
जीने के लिए भी हमसे ही चंदा कर लेते हो,
जब भी संकट मातृभूमि पर आएगा,
यही अवशिष्ट पागल
रक्षा कवच बन जाएगा
तुम महलों में, पत्नी के आँचल में दुबके
देखोगे तमाशा, चाहे दुश्मन देश लाँघ जाएगा।
जब रोती है असहाय गरीबी,
जब रोता है बच्चा भूखा,
जब चिल्लाती पीड़ा से दुल्हन
आज भी आदिवासी और बंजारा
यही अवशिष्ट तन जाता मृत के बचाने प्राण।
यदि एक बार गरजेगा हिमगिरि
जब एक बार उठ जाएगा समुद्र

ले लेगा शीश हाथ में यही पागल

तुम कायरों–कोढ़ियों की क्या बिसात

निकल सको छोड़कर अपना मंदिर

चाह लेगा, अब भी तो यह पागल

फेंक देगा उठाकर तुम सबको

बस एक पल में भाग जाएगी

तेरी मुसकान, तेरी ऐंठ; पर खैर मनाओ!

अभी शुद्ध शांत हैं हम पागल।

□

क्यों बदल गए तुम

सबको बदलते देख
क्यों बदल गए तुम!
अपनी आत्म निर्भरता छोड़
क्यों विकल हुए तुम
आज जो दूसरों की
आशा देखता है
वो जीवन भर उसी दिशा में
देखता-देखता ही रह जाता है
पर तुम दूसरों की आशा में
क्यों चल पड़े
सबको बदलते देख
क्यों बदल गए तुम!
लोभ देकर विज्ञान ने
पंख तोड़ दिया तुम्हारा
धोखा दे दिया इसने तुमको

उड़ना बंद करवा दिया तुम्हारा

तुमको विष खिलाकर

आज विषधर बना दिया

तुम्हारी जड़ को काट दिया

कैसा लगा ये रूप भिखारी का

क्यों दुर्बल हो गए तुम ?

सबको बदलते देख

क्यों बदल गए तुम !

उनके लोहे की धार से

तुम्हारी कोमलता गायब हुई

फिर उनकी ही फटकार से

तुम्हारी स्वच्छंदता भेड़ बनी

अच्छे बनने के लोभ में

आज खराब हो गए तुम !

सबको बदलते देख

क्यों बदल गए तुम !

तुम्हारे शांत मन में

आज कटारी दौड़ती है

तुम्हारा ही पाला-पोसा तुम्हें देख

आज तुमको छोड़ देता है

तुम्हारे बदले रूप पर तरस खा

बाहर की ओर दौड़ता है
वहाँ भी खरी-खोटी सुन
अपने को कोसता है
तुम्हारा ऐसा रूप मुझसे नहीं देखा जाता
कितने बेशर्म हो गए तुम
सबको बदलते देख
क्यों बदल गए तुम!!

□

काला तन, उज्ज्वल मन

इस गाँव के बाहर
एक गंदी पोखर के पास
हैं कुछ छोटी-गंदी झोंपड़ियाँ
जिनमें रहते गाँव के डोम परिवार
सूअर पालते, बाँस से बरतन बनाते
जी लेते किसी तरह वे गंदी जिंदगी
एक तो पोखर का गंदा पानी
दूसरे सूअर का मल-मूत्र
सब सड़-गलकर दुर्गंध फैलाते
हर जानेवाले को नाक
बंद कर जाना पड़ता
हर कोई नाक पर कपड़ा रख लेता
एक दिन जब मैं गुजरा
मन किया इन डोम परिवारों
के रहन-सहन का अध्ययन करते हैं
पर वहाँ की गंदगी देख

झुरझुरी आ गई शरीर में
मुझे तो डोम से नफरत होने लगी
ओह! मेरा दुर्भाग्य जो
आज इधर से गुजरा हूँ
लगता नाक टूट जाएगी
कितनी गंदगी है?
ये छोटी जाति के लोग
इसी तरह जानवर बन जी लेते हैं
इच्छा हुई जाकर टोक दूँ
पर मुझे क्या अधिकार?
देश को स्वच्छ रखने की तो
सरकार बनती है भागीदार
कहा एक बूढ़े से जरा सूप दिखाओ जी
पर आप लोग इतने गंदे क्यों रहते हैं?
बात सुनते ही वो काले मुँह का बूढ़ा बोला,
जो गंदी-फटी पुरानी धोती पहने
मुझे एक पल निहारा फिर
बोला क्या करूँ बाबू?
मेरी बस्ती तो गंदी है
पर मन में झाँककर देखो—मन तो साफ है?
कभी घूरे हो, नौकरशाहों की बस्ती को
निर्मल है, चमकदार है
उज्ज्वल तन-उज्ज्वल वसन

पर मन कोयले से भी अधिक काला है।
बस समझ लो मेरी संतान
गंदे में रहती पर मेरे लिए तो निराली है,
जब मैं बच्चा था,
तभी से मुच्छड़ भाषण देता
मुफ्त में घर बना दूँगा,
दिलाऊँगा दो आने में धोती-कुरता
पैर में मिलेंगी चप्पल
घर के आगे चाँपाकल गड़ा दूँगा
देता रहा ठप्पा जिंदगी भर
पर वे काले ठप्पे
उनके काले विचारों पर
छाप नहीं दे पाए, अब तक
काले ठप्पे पाते-पाते तो
उनके विचार भी काले होते गए
बस जान लो, उनके उज्ज्वल तन
समेटकर रखते काले मन को
जो भी मिलता हम लोगों के लिए
डकार जाते उसको चीरकर-फाड़कर
पर मेरा और मेरी संतानों का ज्यों-की-त्यों हैं
काला तन-उज्ज्वल मन।

□

ऊँघ रहा भारत

'सोने की चिड़िया' कहलानेवाला भारत
शांति का दूत नाम से जाना जानेवाला भारत
और सत्य-अहिंसा प्रेम का पुजारी भारतवासी
क्षमा, दया, तप और त्याग की मूर्ति भारतवासी
आज क्यों ऊँघ रहा है?
क्यों आज अपना अस्तित्व खो रहा है?
कुंभकर्ण का पर्याय बना था आजादी के पहले
दो सौ वर्षों की गहरी नींद से थोड़ा जागा
जब गांधी, नेहरू, तिलक ने जागने का आह्वान किया
भगत, सुभाष, आजाद और बोस ने अपना बलिदान दिया
सैंतालीस में जब प्रथम बार फिरंगी रूपी नशा टूटा
सारा भारतवर्ष कुंभकर्णी नींद से उठ बैठा।
आज खड़े होने की जरूरत है!
आज किसे शांतिपूर्वक जीने की फुर्सत है?
सैंतालीस में टूटी नींद अब भी पूर्णतः नहीं टूटी

गरीबी, भूखमरी
बेरोजगारी
जनसंख्या, भ्रष्टाचार

समस्याओं का बादल भारतवर्ष के सिर से अब भी नहीं छटा
आज भी भारत ऊँघ रहा है
शनैः-शनैः कुंभकर्ण सी भयंकर नींद सो रहा है
एक आजादी मिली तब, जब हजारों कटे
उस आजादी के लिए हम सैकड़ों वर्ष लड़े
आज दूसरी आजादी हासिल करनी है हमें
समस्याओं की दासता को उखाड़ फेंकना है हमें
आखिर आज क्यों भारत ऊँघ रहा है ?
समस्याओं के बादलों में खो रहा है
गरीबी, भुखमरी, बेरोजगारी
हजारों को पल भर में समेटती महामारी
निरंतर बढ़ती जनसंख्या
घोटाला और राजनीतिक अस्थिरता की समस्या
तभी तो आज भारत ऊँघ रहा है
इन समस्याओं के नशे से जूझ रहा है
एक तरफ विश्वासघाती चीन का डर
दूसरी तरफ पाकिस्तानी आतंकवादी का कहर
महाशक्ति अमेरिका से मनमुटाव
घर का भेदी, नेताओं का आपसी उतार-चढ़ाव
सच में भारत ऊँघ रहा है

पूर्ण जागरण के स्वप्न में घूम रहा है
जागो हे भारतवासी!
तुम पवित्र आर्यावर्त्त के निवासी!
तुम हो गांधी–नेहरू की संतान
तुम में है राणा, शिवाजी, सुभाष की शान
एक बार फिर दूसरी आजादी की जंग होगी
तभी भारत की यह चिरनिद्रा पूर्णतः भंग होगी। □

घड़ा

जब मृदा-कणों को जोड़कर
जल मिला-मिलाकर सानता
फिर पैरों से तोड़-तोड़कर
ढालने लायक मिट्टी बनाता
घुमाकर उसको चाक पर
रूप देता बदल जरा
फिर ठोक-पीट सुखाकर
कुंभकार बना देता मुझको घड़ा
मिट्टी से घड़ा बनाकर
जब जल मुझमें रखा जाता
खुद को शीतलता से शीतल रख
जीवों की मैं प्यास बुझाता
सदियों से सीखा मैंने

तृप्त कर देना आत्मा प्यासी
पाकर वे नवजीवन का दान
मुझको कहते, शीतलता का पर्यायवाची
सुनकर मेरे गुण-धर्म की बात
कुंभकार खुश हो जाता
जब रखा जाता मुझमें मधु
पीने वालों का जी ललचाता
पर अब दिन फिर गये
सुनार की बढ़ती हुई खुशहाली
जब से बनने लगे, सोने के घड़े
रूप बिकने लगा, छाने लगी मुझ पर मुर्दायी
अरे सोने के घड़े!
मैं ही तो हूँ, गुणों में अधिक
पर रूप और कीमत अधिक होने से
गुणों में तुम कम हो
फिर भी अमीरों के घर जाते हो,
एयर कंडीशनर और रेफ्रिजरेटर की
सुविधा तुम ही पाते हो
मुझ मिट्टी के घड़े को

कोई पूछता भी नहीं
यदि कोई सहेजता भी है मुझे
तो वो बेचारा गरीब ही
मुझ भाग्यहीन के भाग्य से
गरीबी दु:ख-पीड़ा ही पाता
खुले आसमान या झुग्गी-झोंपड़ी में
सारा जीवन कट जाता
आखिर किसे दोष दूँ
ईश्वर को या उस कुंभकार को,
जो मुझको अच्छा बनाने की चाह से
लगाता तन-मन और परिश्रम को
पर तेरा जन्म तो
रत्नों के साथ होता है
रत्नों से भरे बिछावन पर
तू दिन-रात सोता है,
शायद हमारे पूर्वजों की परंपरा
बनाकर ईश्वर हमें रचता है
तभी तो कुंभकार की गीली मिट्टी
जीवन भर गीली ही रह जाती है

नहीं तो क्या, दोनों तो घड़े हैं!

मैं भी घड़ा तू भी घड़ा

गुण भी मुझमें अधिक पर

असमानता का दलदल क्यों बीच में खड़ा।

□

संग्राम

बढ़ रही आज युग-युगांतर पश्चात्
फिर नंगे खूँखार दनुजों की टोली
बढ़ रही वो दनुजाएँ भी चिपकाए
अपने बच्चों को तन से
बढ़ रहे कफन बाँध सिर पर
फैलाई थी कल जिसने उनके आगे झोली

बढ़ रहे जिधर-जिधर पग उनके
छा रहा धूलकण का साम्राज्य अंबर में
चमकते दिनकर की उज्ज्वल प्रभा भी
खो रही, आज उनके पथ में
आज फिर डोलेगा स्वर्ग का इंद्रासन
फिर से साम्राज्य होगा देवों का जग में।

आज डोल रही है पुनः वसुंधरा
काँप रहे हैं स्वर्गवासियों के मन
काँप रहे सब देवता कहलाने वाले
काँप रहे उनके चाटूकरों के अंग-अंग
देख रहा उन्हें समस्त भाव से जग
देखकर पुलकित हो रहा एक-एक रजकण।

आज दुहराएगा फिर वही देवासुर संग्राम
आज फिर करवट लेगा, युग और समय
होंगे एक तरफ सीने में जलाए मशाल
वही दनुज मरे हुए जीते आ लगते हैं तन्मय
आज फिर गिरेंगे उन दनुजों के
भोग-विलास से ऊँघते ताज दुर्जय।

होगा ऐसा घमासान संग्राम
खून की नदियाँ बह जाएँगी
यह अश्रुपूरित मृदा भी तब
लाल लहू की लाली से लाल हो जाएगी
काटे जाएँगे गले झूठ और फरेबों के

धरती से कालिख दूर हो जाएगी।
फिर आएगा देवों का राज्यकाल

बनेगा यह निद्रासन पुनः इंद्रासन
शांत होगी चिरज्वाला टूटेगी दनुजों की टोली
स्वच्छ प्रभात का होगा शुभागमन
मुरझाई वो कलियाँ खिल जाएँगी
जब होगा एक बार फिर बसंत का आगमन।

□

तालाब

इस तालाब को
खुदवाया गया था
मछलीपालन के लिए
पर यहाँ तो—
मेढक-ही-मेढक दिख रहे
केंकड़े भी छिपे हुए हैं
कहीं-कहीं किनारे पर जल में।
यह तालाब
कंटकों-कीचड़ से भरा
जलीय घासों का घर है
कभी-कभी दिख जानेवाले
विषधरों का भी घर है,
शायद यहाँ मछलियाँ
कम हैं
पर यहाँ मछलियाँ

कम क्या होंगी?
लगता है, हैं ही नहीं।
दो-चार होंगी भी तो—
इन राक्षसों के डर से
कहीं बिल में छिपी होंगी
तभी तो, दिखायी नहीं दे रहीं
क्या करेंगी
ये बेचारी मछलियाँ
कमजोर होती हैं छोटी सी
इनके दुश्मन बड़े, मोटे-ताजे
जमाना ही ऐसा है
इसलिए
दिखाई नहीं दे रहीं
आप पूछिएगा क्यों?
मैं तो कहता हूँ—
शायद,
जल की ही कमी है।

□

हँसता हुआ सैलाब

रजनी के स्वच्छ सुंदर आँगन में
आकर ये गोरा हँसता चाँद
आज क्यों?
इन बादलों में लुक-छिपकर
मानो विभिन्न कोणों से झुककर
इन बादलों का चित्रांकन कर
रजनी के आँगन को झाँक रहे इन दर्शकों का
तन-मन हर्षा रहा
अपने गोरे मुख के आईने में
लाकर इन बादलों का प्रतिबिंब
शायद यह—
इन स्वच्छ बादलों के बिंबों की तुलना
उसके गंदे बिंबों से करके
हँस रहा है सबको दिखाते हुए
क्या यह हँसी चाँद का उपहास कर रही है

या इन दर्शकों की चुनौती का प्रतीक है
ऐसा करके यह हँसीन चाँद
इन दर्शकों को बतलाना चाहता है
शायद कि—
जिनके स्वच्छ मुखड़े पर पैर रख
वो दर्शक आगे बढ़ गया समझता
क्या कभी उसने मुखड़े को गौर से देखा है
इसमें भी तो अपमान और गमों का
एक हँसता हुआ सैलाब भरा है।

□

उलट गई है समूची दुनिया

उलट गई है समूची दुनिया
उलट गया है समूचा समाज
अब रक्षक ही भक्षक बन रहे
छोटे सर्प ही तक्षक बन रहे
दाता ही है भूखा आज
सूना पड़ा है मानव समाज।
एक रोटी को अपनाने हेतु,
बढ़ जाते केवल हाथ ही हाथ।
उलट गई है समूची दुनिया
रंग बदलती, रूप बदलती
बदल जाती समय पर आवाज
मुझसे कहती, बदल डालो अक्षर
रुपए पाओगे पूरे पचास।
उलट गई है समूची दुनिया

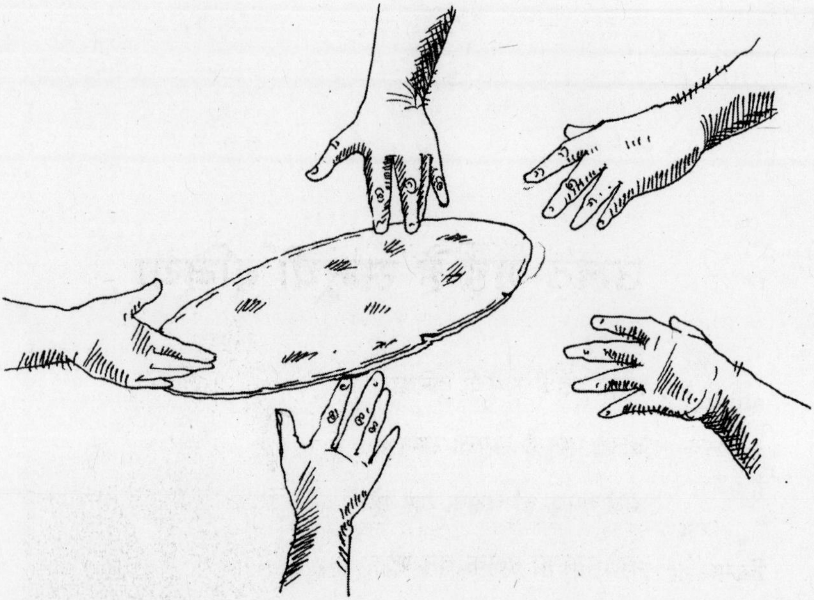

सरस्वती को लक्ष्मी से डराती है

कहती है नहीं तो यमराज को बुलाऊँगी

पर मैं तो दुनिया को उलटी न करूँगा

दोस्ती हो जाए यमराज से, पर अक्षर न बदलूँगा।

□□□

लेखक परिचय

श्री रविन्द्र कुमार एक भूतपूर्व मर्चेंट नवल अधिकारी, वर्तमान आई.ए.एस. अधिकारी, साहसिक खेलों के शौकीन एवं समाजसेवा प्रेमी हैं।

वर्ष 1981 में बेगूसराय, बिहार के एक किसान परिवार में जन्मे श्री रविन्द्र ने कई श्रेष्ठ अकादमिक लक्ष्यों को हासिल किया है, चाहे वर्ष 1999 में प्रथम प्रयास में आई.आई.टी. प्रवेश परीक्षा में चयन हो या वर्ष 2011 में सिविल सेवा परीक्षा में सफलता।

जहाजरानी में लगभग एक दशक तक कार्य करने के पश्चात् यह वर्ष 2011 में भारतीय प्रशासनिक सेवा में शामिल हुए और वर्ष 2013 में अपने प्रथम प्रयास में एवरेस्ट की चोटी पर चढ़ गए। ऐसा करनेवाले यह भारत के प्रथम आई.ए.एस. अधिकारी थे, जिसके लिए इन्हें सिक्किम खेल रत्न अवार्ड, बिहार विशेष खेल सम्मान, कश्ती रत्न अवार्ड, अटल मिथिला सम्मान जैसे अनेक पुरस्कारों से नवाजा गया।

वर्ष 2015 में अपने दूसरे एवरेस्ट अभियान के दौरान इन्होंने नेपाल के भूकंप एवं हिमस्खलन का सामना किया, जिससे वहाँ जान-माल की काफी क्षति हुई, परंतु अपनी जान की परवाह किए बिना इन्होंने कई लोगों की जान बचाई। पुनः इन्होंने 23 मई, 2019 को एवरेस्ट की चोटी चढ़कर वहाँ से 'नमामि गंगे' एवं 'स्वच्छ भारत अभियान' का संदेश दिया और वहाँ 'गंगा जल' अर्पित करते हुए 'जल संरक्षण' की अपील की।

श्री रविन्द्र कुमार ने एवरेस्ट की अपनी पिछली यात्रा पर दो पुस्तकें—'मेनी

एवरेस्ट' एवं 'एवरेस्ट : सपनों की उड़ान—सिफर से शिखर तक' लिखी हैं। 'माउंट एवरेस्ट : एक्सपीरियेंस द जर्नी' नाम से कॉफी टेबल बुक भी है, जिसमें पर्वतारोहण की पूरी यात्रा एवं वहाँ की प्राकृतिक छटा, दर्शनीय स्थल आदि का सचित्र विवरण दिया गया है। इस संग्रह से पूर्व उनका एक कविता-संग्रह 'आंतरिक अंतरिक्ष एवं स्वप्न यात्रा' प्रकाशित हो चुका है तथा 'दूसरी जंग' एवं 'इक्कीसवीं सीढ़ी' नामक दो अन्य कविता-संग्रह प्रकाशनाधीन हैं। उन्होंने एवरेस्ट अभियान के माध्यम से जल संरक्षण को बढ़ावा देने हेतु 'शिखर से पुकार' नामक लघु डॉक्यूमेंटरी फिल्म भी बनाई है। उनकी पुस्तक 'एवरेस्ट : सपनों की उड़ान—सिफर से शिखर तक' के लिए वर्ष 2020 में राज्य कर्मचारी साहित्य संस्थान, उ.प्र. द्वारा 'अमृतलाल नागर पुरस्कार' प्रदान किया जा चुका है।

पूर्व में एक अच्छे तैराक और कराटे में ब्लैक बेल्ट रहे, श्री कुमार बंजी जंपिंग, स्कूबा डाइविंग, घुड़सवारी, मैराथन दौड़ सहित कई अन्य साहसिक कार्य कर चुके हैं।

आई.ए.एस. अधिकारी के रूप में इन्होंने सिक्किम और उत्तर प्रदेश में मुख्य विकास अधिकारी, जिलाधिकारी और आयुक्त समेत, भारत सरकार के केंद्रीय मंत्री के निजी सचिव एवं कई अन्य पदों पर कार्य किया है और वर्तमान में जिलाधिकारी बुलंदशहर के पद पर तैनात हैं।

ई-मेल : ravindra.everest@gmail.com

वेबसाइट : www.shriravindrakumar.com